Otfried   Krzyzanowski

Unser täglich Gift

Gedichte

Otfried   Krzyzanowski

Unser täglich Gift
Gedichte

ISBN/EAN: 9783337359744

Hergestellt in Europa, USA, Kanada, Australien, Japan

Cover: Foto ©Andreas Hilbeck / pixelio.de

Weitere Bücher finden Sie auf **www.hansebooks.com**

OTFRIED KRZYZANOWSKI

UNSER TÄGLICH GIFT

GEDICHTE

LEIPZIG
KURT WOLFF VERLAG

BÜCHEREI „DER JÜNGSTE TAG" BAND 67
GEDRUCKT BEI DIETSCH & BRÜCKNER IN WEIMAR

PHANTASIA DESPERANS

Anmutig, leicht, lebendig!
Einsam auf schneebedecktem Feld:
Doch ist der Hunderthändig
Meines Gedichtes Held.

Der Hunderthändig ohne Kopf!
Doch spielt er mit — einem Schädel.
Macht ihm aus welkem Gras einen Schopf,
Gelb wie der welke Nebel.

Was gilt der Schopf? Nichts gilt der Kopf!
Und ich bin gut und edel.
Der Hunderthändig ohne Kopf
Spielt Ball mit einem Schädel.

FRAGE

Ist deine Liebe wie eine Herde von Wölfen!
Lautlos rennt sie durch die endlose Steppe;
Ihnen heißt der Himmel, der endlos grau
Über den Wütigen hängt, ihr Hunger.

Oder lauerst du auf Beute:
Im Geröll als Natter verborgen?

Wer bist du? Gib acht: eine flüchtige Katze
Nimmt deine Seele mit sich.

CANTATE

Ach, dir gehört die Liebe,
Leichter Flieder!
Und dir gehört die Jugend,
Leben! Tod!

Und zwischen hohen Häusern
Schreiten Mädchen,
Sie schreiten unter blauem
Himmel hin.

Und zwischen grauen Häusern
Spielen Buben.
Dir gelten Mut und Bangen:
Hohe! Welt!

Und dir gehört die Liebe,
Leichter Flieder!
Ach, dir gehört die Jugend,
Leben! Tod!

ABEND

Wenn der Abend uns bezwingt
Und die Klage in uns singt:
Fühlst der bangen Seele Flug,
Weißer Mädchen Atemzug.

Fremd ist Friede, fremd der Streit,
Wann entrinnen wir der Zeit?
Und kein Alter macht uns klug:
Fühlst der Seele Abendflug.

ERFÜLLUNG

Was tun? Du Ranke! Danken!
Dir und der Stunde danken.
Das Glück gibt Demut: Fleisch und Brot
Und Wein — und Tod!

Als hätte ich Sehnsucht gelitten,
Machst du mich traurig.
O Gott, die traute Stunde
Verrät mir, wie böse mein Stolz war.

Glück gibt uns Demut: Fleisch und Brot,
Wein, Weib: von Gott kommt Stolz und Tod!
Was tun? Man darf nur danken
Dir und der frohen Stunde.

ES GIBT DOCH SÜSSE

Es brennt die Scham: denn grabhin zieht
Uns Torheit durch die Stunden.
Ich hätte bald ins böse Lied
Ins Urteil mich gefunden.

Es gibt doch Süße! Zu gestehn
Fällt schwer: ein Kind kann zwingen.
Es bleibt die Scham: denn grabhin sehn
Wir Furcht und Klagen schwingen.

BALLADE

Ein geschändeter Leichnam
Erschlagen im Walde.

Seinen Feinden wehe zu tun
Hat keiner verstanden wie er.

Nacht war's und einsam der Weg,
Da horcht er: Sie lauern ihm auf.

Narrheit ist Betteln, ist Angst,
Verlangt es die Wölfe nach Blut.

Tauch auf! Es enttauchte der Furcht
Seine Seele und lachte der Kälte.

Enttaucht! Wie lüsternen Grimms
Er nach seinem Dolche griff!

Ein geschändeter Leichnam
Erschlagen im Walde.

UNLUST

Die Begierde hat sich schlafen gelegt,
Es bleibt das Fieber.
Der köstliche Mut der Entsagung
Er wäre mir heute gegeben.

Die Liebe aus. Was ich liebte, gelöst.
Die weiblichsten Glieder
Versagend an meiner Ermattung,
Ich sehe sie über mir schweben.

WERBUNG

Durch Hoffen und durch Warten wird
Der Sinn gemein.
Du Holde! Frag nicht lang!
Will dich befrein.

Auf junge Blüten fällt
Nacht: nicht so wunderbar,
Wie gegen deinen Hals
Dämmert dein Haar.

Dein Auge fragt: Mein Wort
Klang fremd: es klang doch rein.
Oh, ich will ewig fremd
Deinem Bangen sein.

Das Müssen und das Leiden schenkt
Kein Abend so klar.
Demütig reicht die Freude
Den Becher dar.

SPÄT NACHTS

Woher dein Licht, entlaubter Hain?
Du schimmerst in tiefem Blau.
Wie Adern sind Deine Äste.
Ist's von der Stadt: der Widerschein?

Ich kam dorther. Die Nacht war trüb und die Gassen
Klangen vom Regen: beim matten Glanz der Laternen
Und sonst von allem Licht verlassen.
O Hain, du nimmst dein Licht aus weiten Fernen!

GESTÄNDNIS

Ich hasse vor allen Dingen den Tod
Und will mich töten.
Dies letzte, verzweifelte Wagen
Ist mir bis heute geblieben.

Wo fährst du hin, verfahrener Sinn
Auf polterndem Wagen?
Es müßte in Scham jetzt erröten
Die Wange mir, könnte ich lieben.

Man wirft sich in die Arme des Tods
Noch immer am besten.
Den Bettel den Bettlern lassen.
Den Tod im Sturze noch hassen!

ERINNERUNG

Es will kein Baum
So wie die Linde blühen!
Und ist: Die Zeit und ist
Der Duft. O Traum.

Es war ein Morgenwind,
Sollt' ich dich küssen:
Ich hätte weinen müssen
Im Morgenwind!

MORGENTRÄUME

Mit der Morgenröte erstem Lohen
Ist ein braunes schlankes Pferd entflohen:
Klingt sein Hufschlag in den hohlen Gassen,
Hat uns alter tiefer Gram verlassen.

Dringt der Hall an unsre Träumerohren,
Weckt er Drang und Lust, die neugeboren
Aller Not entkamen: Ein Versöhnen
Wiegt uns in der Erde dumpfes Dröhnen.

Lassen wir uns wiegen: fort uns tragen —
Fern im Saal, wo Raum und Wände ragen
Wandeln wir dahin mit leichten Schritten,
Alle Schwere ist vom Kleid geglitten.

MELANCHOLIE

Ein nacktes Jungfräulein hängt
An einem Galgen: das Blut, das von Mund und Nase
Und sonst herunter geflossen, bildet im Rasen
Eine rote Lache, die mählich schwarz gerinnt
So wie das Blut der lehmigen Pfützen umher
Mit der sterbenden Abendröte vergeht.
Sie sind: die Pfützen, die Augen der Dämmerung.
Doch gegen das weiße ungeküßte Knie des Weibes
Fliegt ein Rabe: Wie unmelodisch
Ein Rabenflügel sich gegen den Rasen zeichnet
Ehe die Dämmerung ganz herein ist.

UNMUT

Spart euch den Trost! Der Wahnsinn ist
Der Gläubiger der Geschlagenen.
Und ihm verfällt des Elends wache Brut.
Spart euch den Spott.

Denn wie ein Schiff der sturmzerpeitschten Flut
Sind Worte mir zur Last: verhaßt die Blicke
Der Gütigen.

Ich hasse: wenn weit durch das zitternde Land
Der Frühling mit grünschattenden Pfeilen zielt.
Ich liebe es, wenn um der Männer Stirn
Das Grün des Elends spielt.

Ihr seid mir Brüder: in Todes Hirn
Begraben will ich allen freien Mut.

DER EINSAME

Und bald erlischt der Kerze Flackerlicht.
O meine Seele! Jetzt noch ein Gedicht!

Die Welt ist grau und bleiern wog der Tag,
Wie er oft kommt und wie ich ihn nicht mag.
Das Leben ist mir wie die Liebe weit
Und bald umfängt mich tiefe Dunkelheit.

Auf eines Knaben Schulter mein Knabenkuß
Mir Leben noch und Tod durchleuchten muß.

DER INDIVIDUALIST

Ein Weib zu suchen! Wozu? *Das* Geschäft
Besorgen noch immer hundert und aberhundert.

Sterben! Warum? *Die* Arbeit
Wird heute von tausend gesunden Männern getan.
Was kann ich Besonderes tun? Ohne Sorge sein.

ABEND

Was wünscht die Seele? Tod zu spenden oder
Sich dem Abend preiszugeben, wie das Rohr
Dem Wind die schwanken Rispen preisgibt: schlanke
    Rehe
Schmiegen sie sich. Nieder auf sie
Sinkt im Dämmern
Furcht.

TANZLIED

Es gibt kein Schmeichelwort, hold wie dein Tanz.
Und ich muß hier sein, dich zu sehn und frage mich:
Du Schöne, muß ich sein und frage dich
Wie komme ich her? Nicht Leben noch Tod
Ist Trost für mich. Verloren, verloren.
Ich fühle mein Gerippe, hasse mich.
Es gibt kein Wort so traurig wie dein Tanz.

MORGEN

Es hebt sich, senkt sich des Windes Flüstern.
In des Morgens ragende Räume
Stechen die goldenen Zweige der Bäume
Unbewegt: so leicht sind die Blätter.
Trinke! Die Kühle des Morgens in durstigen Zügen,
Süß: wie den Vertrauenden betrügen.

Tausend Lockungen
Tanzendes, springendes
Lichtes, strahlendes Gold!
Traue dem Freund nicht!
Alles sind Lügen.
Einsam ist der Genuß,
Ist die Lust am Gold
Allen gemeinsam die Gier, ich bin nach Einsamkeit
    lüstern.

SORGE

Schwarzgraue Wolken hangen hernieder,
Das Gewicht der Wolken an der Himmelswage
Vermag die Sorge nicht zu heben,
Die Sorge, die mich zermalmen wird.

Und die Gedanken fliehn
Vor der Not in die Irre.
Und ich spreche zum Freunde, zum guten: Wie alt,
Wie alt und gestorben grau diese Wolken sind!
Keine Glut noch Farbe in ihnen. Ein Totenschädel,
Ein alter Schädel, der nicht mehr im Dunkel leuchtet,
Wäre noch hell gegen sie wie der glimmende Mond.

ERWACHEN BEI DER GELIEBTEN

Die Holde schläft: zu früh bin ich erwacht:
Ein Wort ist süß und gelte diese Nacht.
Ich werd' es heute nicht, nicht morgen tun
Doch irgendwann und selig kann ich ruhn.
Ich töte dich.

WUNSCH

Ein einfaches, leichtes Kleid!
Ein leichter Gang!
Ein Mädchen, das hie und da
Meine Lenden geschmeidiger macht,
Ihm dankbar sein dürfen und eins!
Verschont die Seele.

FREUDE

Durch den blauen See zu schwimmen! Du feuchtes
    Vergessen,
Durch den klaren Tag zu wandeln! O holdes Erwachen!
Durch eisigen Sturm zu schreiten! Du ewiges Bangen!
O munteres Leben!

WEINLIED

Starker, goldener Wein! Du bist
Wie das Glück im Spiel.

Ewig gleich aus deinem Innern, ob
Wir wild werden, toll werden, bös werden,
Strahlt die Verlockung.

Du und ein fragendes Kind! Ihr weckt
Das arge Wissen in uns, doch ihr
Gebt auch das Vergessen.

Du bist die Lust zu gestehen, bist
Die Lust zu verhehlen, dein
Ist Klarheit und Heimlichkeit.

Ewig gleich aus deinem Innern, ob
Wir traurig sind, ob wir froh sind,
Strahlt die Verlockung.

Und du bist wie die großen Geister.
Du machst uns stolz, bis wir
Hintaumeln, machst uns stark, bis du
Uns umwirfst. Freund, Verführer und Herr!
Denn dein heiliges Sein
Ist nicht erkannt, nicht gewürdigt.

ARISTOGEITON

Drei Frühlingstage war ich bang um dich.
Ich wußte nichts. Doch ahnte ich — Böses.
Schöner Knabe, folgsam der Sünde!
Später vergaß ich.

Drei Wochen später! Da erzähltest du mir.
Ich dachte: daß diese Dinge
Ewig die gleichen sind!
Das ist das Schöne.

Daß er dir Gift geschickt hat!
Weil — du ihn batest darum
In der Stunde der Scham,
Ist schön. Ich mußte doch lachen.

Das Gewissen tilgt den Dünkel nicht.
Und die Götter müssen uns verdammen.
Alles Tun und unsre Einsicht ist
Furchtbare Frechheit.

Einst war mir der Gedanke traurig,
Daß diese Dinge ewig die gleichen:
Jugend, Sünde, Scham, Verwirrung, Erwachen.
Dann fand ich das Ewige schön.

Jugend, Sünde, und: daß du mir all das
Erzählen mußtest: folgsam den Göttern,
Schöner Knabe, dem Tode entronnen!
Wie ich dich liebe!

ZWEIFEL

Ach, wir wissen von keinem Gedanken, wann er
Neu war, von keiner Schönheit, wann sie
Schwand und erschien, von keiner Tat, wir erkennen
Unsre Schuld nicht.

Darum laßt uns verehren, es wäre ja schmählich,
Wollten wir deshalb verehren, weil wir wüßten:
Denn von jeher liebte ein Mensch, ins Hirn dem
Andern zu spucken.

KLAGE UM DEN WEIN

Der Wein, wo kam er hin? Er gab uns Glut,
Dem Geist Besinnung und dem Toren Mut.
Der gute Wein, wo ist er hingekommen?
Ich glaube: die Klugen haben ihn fort genommen.
Die Männer starben. Weiber halten haus.
Der Trost der Klugen hielte den Wein nicht aus.
Der Wein, der würde verraten: es weint das Land,
Es trauert der Geist, nur Bureaumädchen blieb noch
　　　Verstand.

ELEND

Komm, schneller Tod. Der Morgen blaut so heiter.
Ich wandle durch die Gassen, Tod, so matt.
Mich stiert ein Kind an. Flammen über die Stadt!
Ein welkes Kind nicht weit von seinem Vater.
Der bange Mann hofft immer weiter.
Tod, leichter Reiter! Flammen über die Stadt!
Komm, schneller Tod!

ERNÜCHTERUNG

Gestorben ist das Abenteuer
Und auch mein Hürchen hat es satt.
Der Morgen graut: Erloschen ist das Feuer,
Das Hündchen Liebe liegt zu Tode matt.

Es mag das Tier nichts Rechtes wittern
Wie wir: seitdem die Lust entflog.
Noch lacht in uns der Spott: ein armes Zittern!
Des Morgens Drohn lügt, wie die Nacht uns log.

ÄSTHETIK DES KRIEGS

Nur der erschaut die schönen Berge wirklich,
Der keine Zeit hat, sie zu bewundern.
Die Soldaten im Süden, nicht die Touristen sehn
Die Dolomiten am besten.

Denn die Natur, ob sie schön oder grausam sei:
Für unsre leere Zeit ist sie nicht gemacht.
Und wirklich sieht den Krieg nur einer, der irgendwie
Keine Zeit für ihn hat.

Der Soldat vielleicht, wenn er daheim
Bei seinem Weibe ruht.

HERBST

Der Abendhimmel, grau und taub
Sei Tafel meinem Stift.
Der starren Bäume fahles Laub
Sei meines Liedes Gift.

Das Spiel von Liebe und von Tod
Kann warten keine Stund'.
Noch leuchtet ihm des Waldes Rot,
Noch sind die Karten bunt.

STIMMEN

Er:
Laß mich allein, ich falle zur Beute
Dem, was die tiefste Schmach du nennst.
Das „Morgen" gilt mir nicht, nicht mehr das „Heute",
Nur eine Stunde noch, die du nicht kennst.

Staub bin ich dann und fremder Stürme Raub und Erde:
Auf mir lastet die Nacht.
Bald schlummert ein Schmerz: Was in mir wacht,
Ist Kummer, Angst, Beschwerde.

Sie:
Du reißt dich los. Ich höre noch: Du sinkst.
Weiß nicht, in welchem Meer du ertrinkst.
Bin ich jetzt die Verlassene, Befreite?
War stets doch die zu jedem Schmerz Bereite.

REUE DES DICHTERS

Meine Gedichte —
Alle miteinander
Verbrennen!
Nur eines schrieb ich
Einstens! das feiert den Mut
Des Helden und heißt: Keine Furcht!
Keine Furcht vor dem Wein!

LIED DER HELDEN

Ob wir liegen und harren oder den Tod
Zu belauern, — hinaus schreiten:
Wir fühlen das Schöne, daß wir nicht wissen, woher
Uns der Mut kommt.

Wir müssen siegen.
Dann haben wir im Frieden mehr zu essen!
Ach, jeden überkommt einmal die Stunde
Der Furcht.

Wo der Tod uns treffe! Einsam oder bei den andern:
Nicht zu wissen, ist gut.
Das göttlich Schöne ist, daß wir nicht wissen, woher
Uns der Mut kommt.

DER UNTAUGLICHE

Es liegt doch ein köstlicher Spott darin,
Sage ich es der Einsamkeit oder einem holden Mädchen?
Es ist doch ein eigentümlicher Hohn Gottes,
Daß ich lebe, wenn Tausende sterben.

Es ist doch ein köstliches Ausruhn,
Sage ich es der Einsamkeit oder einem holden Mädchen.
Ich danke es der ewigen Hoheit
Der Nacht, daß ich froh bin zu atmen.

DER TRINKER AUF DEM SCHLACHTFELD

Du! schläfst im fließenden Wein!
Du! rufst im Traum.
Hier, Tod, hat dein Spiel
Lichten freien Raum.

Resignation.
Du große Stille! Der Ruf nach Heldentum ist
Verzweiflung des Herzens. Und doch gibt es Männer.
Ihr leuchtenden Sterne! Der Ruf nach Schönheit ist nur
Verzweiflung der irren Sinne. Du große Stille!

RUF

Du hoher Ton der Geige! Diese Zeit
Ist nicht die meine und die Tage fliehn.

Du Jubelton der Geige! Ach, es starb
Die Jugend und mich freut kein Siegen mehr.

Du Siegeston der Geige! Ewig frißt
Der Gram! Ihr Armen! Laßt die Bäume blühn.

BEKENNTNIS

Um des Geistes Morgenschlummer
Aufzuwecken, schreibe ich das Gedicht.
Da aus all dem toten Kummer
Eine Stimme meinem Glühen Antwort spricht.

Stimme eines schlanken, frohen
Mädchens, das kein andres Opfer kennt
Als ein Lachen, kühlend: die da lohen
Nachtgeborne Flammen, sonst kein Opfer kennt.

Nimm den ewig grünen dunkeln
Lorbeer auf dein Haupt, wie Feuer brennt,
Berge ragen und die Sterne funkeln:
So bekenne: ob man stolz dich nennt.

Dem erstummt die Welt und Einsamkeiten
Dich im Fragen sternengleich umziehen
Wie im Traume, wenn du meinst zu schreiten
Über hohe Dächer, Türme hin.

MAHNUNG

Stille! Freund! Es lernt sich alles.
Wer die Scham verlernt hat, ist
Jeglichen Verbrechens fähig.

Längst begehrt mein Herz: zu sehen
Wie im Kampf der Feige kühn wird
Und wie aus dem kältesten Grauen
Jäh die Grausamkeit erwacht.

Preist nicht den Gewinn der Arbeit!
Ja: der Durst begehrt nach Säure!
Wohl! Bedenk: Das Herz verlangt nicht
Obst: es will gestohlene Früchte.

Meide Worte, die uns rühren:
Sie verführen, und im Herzen,
Das Verführung schon gekostet
Und verspürt hat, wacht die Tücke.

Schweigt von Gott! Schweigt von der Plage!
Glaubens Reden stört die Andacht,
Stört die stille Scham des Mannes.
Schweigt von Tugend und von Sünde.

Darum still! Und müßt ihr reden,
Sprecht in leichten lockern Worten,
Die den Tänzer nicht beschweren,
Nicht des Weines Licht verdunkeln.

ABSCHIED

Es ertrinken die Sterne
In tiefem Blau.
Des Morgens Kahn ziehn ferne
Schimmernde Segel,
Zeigen uns, wie unergründlich tief
Die schwindende Nacht ist.

Freund! Gefahr und Weib
Gilt. Was? Kopf hoch und munter.
Torheit ist unser Wundern,
Torheit ist das Verachten.
Freund!

INHALTSÜBERSICHT

www.ingramcontent.com/pod-product-compliance
Lightning Source LLC
Chambersburg PA
CBHW030907260626
47169CB00008B/2726